A LA MÉMOIRE

DE SON EXCELLENCE

M. LE MINISTRE D'ÉTAT

BILLAULT

PARIS

IMPRIMERIE DE CH. LAHURE

RUE DE FLEURUS, 9

—

1863

A LA MÉMOIRE

DE SON EXCELLENCE

M. LE MINISTRE D'ÉTAT

BILLAULT

PARIS

IMPRIMERIE DE CH. LAHURE

RUE DE FLEURUS, 9

1863

A LA MÉMOIRE

DE SON EXCELLENCE

M. LE MINISTRE D'ÉTAT

BILLAULT

————⋈————

De la Cité, reine du monde,
Le peuple s'agite éperdu :
L'accent d'une douleur profonde
Dans tous les cœurs est descendu :
Lent, solennel, le canon tonne ;
L'armée, en cortége, environne
Les dignitaires de l'État ;
Le char, rayonnant mausolée,
Au loin, à la foule appelée,
Jette, roulant, son morne éclat.

Comme les plis d'un crêpe immense,
Dont l'ampleur mesure le deuil,
Le tendre hommage de la France
Gémit et couvre le cercueil :
Reconnaissance qui l'honore!
Au pays, du trépas encore
D'acquitter noblement les frais;
A lui, ces largesses publiques,
Ces funérailles magnifiques,
Le sceau qu'il pose à ses regrets!

Quelle est la dépouille suivie
De tant d'éclat et de respect,
Et cette halte de la vie
Qui d'un désastre a tout l'aspect?
C'est Billault, c'est la voix puissante
Que notre France, dans l'attente,
Espérait acclamer demain;
Celui qui, si haut dans la gloire,
Hélas! n'a plus qu'une mémoire,
Le grand cœur, le grand citoyen.

Oh, des noms aimés de l'histoire,
Combien ont trop vécu d'un jour !
Lui, du drapeau de la victoire
Agitait, hier, le retour....
Célébrité capricieuse,
De ta cime laborieuse
Il avait gravi les hauteurs !
C'est là que la mort vint le prendre :
O peuple avide de l'entendre,
Qu'il était beau de tes faveurs !

⁂

Le dévouement, l'intelligence,
Avec leur double autorité,
Des fruits de son expérience
Couronnaient la maturité :
Le don d'un grand sens politique,
Franc, honnête, habile, énergique,
Posait le ministre orateur;
Cette parole magistrale,
Aux plus hauts sommets sans rivale,
De la tribune était l'honneur.

Dans l'activité qu'on admire,
Le bien du pays le conduit,
Son patriotisme respire,
Et de tous l'estime le suit.
Oui, cette voix sûre, discrète,
Était l'éloquente interprète
De ton auguste volonté,
O prince ! tu sus le comprendre,
Ce talent digne de défendre
Et l'État et la vérité.

Sous tant de palmes glorieuses
Leur pouvoir s'était affermi ;
Par tant d'épreuves généreuses
S'était révélé leur ami !
Son courage, sa vigilance,
Son intégrité, sa prudence,
Étaient leur orgueil, leur appui :
Le gage qu'en garde l'histoire
Du sujet, le trône est la gloire :
L'Empereur a pleuré sur lui.

Quand de la lice solennelle
L'heure, bientôt, viendra sonner,
On entendra comme un bruit d'aile,
Son ombre y reviendra planer :
Au sein des hautes assemblées,
Les âmes, un moment troublées,
Reverront, dans l'anxiété,
Cette place, muette, vide,
Où tu vins, athlète intrépide,
Sitôt, hélas, déshérité.....

De ton jeune essor ma pensée
Aime à suivre le flot montant,
Et l'infatigable odyssée,
Contre les obstacles luttant :
A tout connaître ta constance,
Des louanges ta défiance,
Éclairaient les champs du devoir ;
Et, la foi d'une âme virile,
Dédaignant le succès facile,
T'avait dit : *Vouloir, c'est pouvoir.*

Du barreau, déjà, dans l'arène
Quel triomphe à tes premiers pas !
Une douce pente t'entraîne ;
Ces lauriers ne t'endorment pas ;
Non : le maître de la parole,
Muet, obscurément, s'isole,
Sans relâche, en de longs travaux ;
Désormais, la chose publique,
Maîtrisant son cœur, revendique
Ses veilles, ses devoirs nouveaux.

Reviens : un plus vaste théâtre,
La tribune attend ton ardeur ;
Que dans la lice opiniâtre
Ta voix déroule son ampleur :
Ici, d'une allure sévère,
Froide, patiente, elle éclaire
Le dédale des longs débats ;
Sa fougue incisive, brûlante,
Là, de l'attaque brusque, ardente,
Affronte les mille combats.

Le temps consacre ton génie :
Enfin, ta puissante raison,
Sous les mâles efforts mûrie,
Domine un immense horizon;
L'homme d'État grandi s'achève :
Prompt, fier, ton dévouement se lève
A l'appel qui sait le choisir;
Va, cours : aux destins de la France,
Aujourd'hui, ta voix, ta défense;
Ah! demain, ton dernier soupir....

Tu n'es plus : sa reconnaissance
Pleure, et commandant l'avenir,
Déjà, d'un autre âge devance
L'impérissable souvenir :
Touchant, maternel privilége!
De l'étoile qu'elle protége
Sa main offre à tous le rayon;
Sans attendre qu'en traits de flamme,
Plus tard, d'un grand règne la trame,
Montre ton lumineux sillon.

J'entends, comme une brise amie,
L'accent du cœur à son cercueil.
Réveiller cette ombre endormie,
Qu'entourent les pleurs et le deuil :
« A Dieu ton âme, ta mémoire
Au pays dont elle est la gloire
Et ta famille à l'Empereur. »
Legs sacré, gage tutélaire !
O nobles fils d'un noble père,
Au souverain votre douleur !

Ce mort illustre que décore
Son œuvre, immortel monument,
Quoi ! n'appartient-il pas encore
Aux tendresses du sentiment;
A cette seconde patrie
Où l'âme au port se réfugie
Certaine d'y vivre toujours;
Au toit qui gémit, se rappelle,
Doux nid, dont l'amour, sous son aile,
Garde les meilleurs de ses jours?

Heureux, dans l'humble sanctuaire
Où la famille doucement
Cachait le fils, l'époux, le père,
Dans son pieux embrassement,
Il venait, fuyant la tempête,
Un moment reposer sa tête,
Loin de l'orage et de ses flots;
A cette intimité charmante
Rafraîchissait son âme aimante,
Dans l'abandon et le repos.

Ici, d'une mère attendrie
Sa filiale piété
Caresse, prolonge la vie
De calme, de félicité.
Dix ans, par le mal consumée,
Là, son épouse bien-aimée
Meurt malgré ses soins les plus doux :
Qu'il visita souvent sa cendre!...
Devait-elle sitôt l'attendre
A ce suprême rendez-vous?

Ah, lui, qui d'une mère absente,
Si bon, tempérait le malheur,
Savait la tâche patiente,
Imitait la calme douceur;
Au chevet où souffrait sa fille,
Voyez-le, père de famille,
Oubliant ses graves travaux,
Fortifier un cher courage,
Par l'affection qui soulage,
Sur son cœur adoucir ses maux.

Dans le charme de sa retraite,
Avec ses enfants, loin du bruit,
Son énergie en vain s'apprête;
Ah, la mort sans pitié le suit :
Des siens écartant les alarmes,
Il sourit, il cherche ses armes,
Des combats il rêve le jour :
O triomphe, il voit ton aurore,
La main sur son sein que dévore
Le mal, implacable vautour!

Mais gémissent de la famille
Les navrantes anxiétés,
L'amour de l'une et l'autre fille
Se succédant à ses côtés :
Vous frémissez : oui, le sang crie;
De cette existence chérie,
Ah, votre cœur suit le sommeil :
Sa voix, il ne doit plus l'entendre;
Ce regard, à vos yeux si tendre,
Dans les cieux aura son réveil.

La souffrance, trompeuse flamme !
Un moment semble s'assoupir;
Il a tressailli : sa belle âme
S'exhale en un profond soupir....
Soupir d'angoisses, de tristesse,
A tout ce qu'il aime il l'adresse :
A ses enfants qu'il faut quitter,
A tes destins brillants, ô France,
Sire, à la haute confiance
Qu'il savait si bien mériter.

Nantes, qui vit grandir sa gloire,
Le lendemain du jour fatal,
En revendiquant sa mémoire,
Déjà lui dresse un piédestal :
Aux lieux où fleurissait son âme,
L'admiration le proclame
Un de ses glorieux enfants;
A la dette de la patrie,
Sa voix, artistes, vous convie :
Accourez, fiers et triomphants.

Aux traits de l'immortelle image,
Ah! lequel, prêtant son ciseau,
Va rendre au pays ce visage
Voilé par la nuit du tombeau?
Que l'homme d'État s'illumine,
Les bras croisés sur la poitrine,
Le front méditant, soucieux;
Ou, du Prince de l'éloquence,
Que ce doigt, devant l'évidence,
Parle d'un geste impérieux.

O, mais du cœur la souvenance,
C'est l'autel que son ombre attend,
Sainte amitié, reconnaissance,
Toi, famille, qu'il aimait tant !
Pour vous seules, toujours respire
Ce simple abord, ce bon sourire,
De cet œil attendri l'éclair;
Cette main à tous secourable,
Ce commerce facile, aimable,
A ceux qui l'entouraient si cher.

Et toi, muse, aux larmes publiques
Mets ton empreinte en gémissant :
Ainsi, le dieu des temps antiques,
Devant le trépas impuissant,
De cyprès que le deuil vénère,
De lauriers tressant un suaire,
Doucement vient ensevelir
Le mortel bien-aimé qu'il pleure,
Que l'amour, à sa dernière heure,
Ne put empêcher de mourir.

P. D.,
Officier de l'Université.